诗余吟草

张之文 著

天津出版传媒集团
百花文艺出版社

图书在版编目（CIP）数据

诊余吟草 / 张之文著 . -- 天津 : 百花文艺出版社 ,
2025. 1. -- ISBN 978-7-5306-8950-9
Ⅰ . I227
中国国家版本馆 CIP 数据核字第 2024JY7234 号

诊余吟草
ZHEN YU YINCAO
张之文　著

出 版 人： 薛印胜
责任编辑： 郑　爽
策划编辑： 彭　雪
装帧设计： 悟阅文化
出版发行： 百花文艺出版社
地址： 天津市和平区西康路 35 号　**邮编：** 300051
电话传真： +86-22-23332651（发行部）
+86-22-23332656（总编室）
+86-22-23332478（邮购部）
网址： http://www.baihuawenyi.com
印刷： 成都市兴雅致印务有限责任公司
开本： 880 毫米 × 1230 毫米　1/32
字数： 146 千字
印张： 6
版次： 2025 年 1 月第 1 版
印次： 2025 年 1 月第 1 次印刷
定价： 65.00 元

如有印装质量问题，请与成都市兴雅致印务有限责任公司联系调换
地址：成都市金牛区沙河源街道陆家桥社区
电话：028-83181689
邮编：610000

術業功夫時世進
仁心醫德步風延

老中醫門診部成立四十周年

甲辰年夏月八七老杉張之文題

高旭光先生新書付梓

融今貫古

抱玉傳薪

張之文題

壬寅年秋月

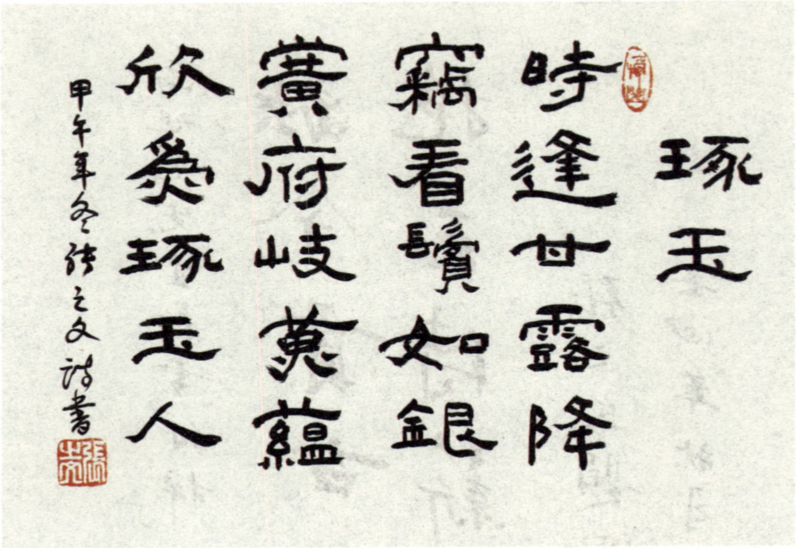
琢玉
時逢甘露降
竊看鬢如銀
賞府岐萬蘊
欣爲琢玉人
甲午年冬張之文詩書

序

夫天地之间，万物并育而不相害，道并行而不相悖，此自然之理，亦医道之源也。昔黄帝问道于广成，岐伯论经于《内经》，中医之学遂成华夏之瑰宝，千载传承，泽被苍生。

今有之文先生，传承叶吴，悬壶济世，精研岐黄之术；学高为师，身正为范，矢志临床一线；更兼文思泉涌，笔下生花，以医药体悟入诗，著成此集，实乃中医文化一大幸事。

先生以花叶根茎为引，吟咏天地精华，令人仿佛漫步百草园中，识药辨性，悟道修身。又借古喻今，以医论世，以哲思寓言，充分展现中医智慧治身治心上的独特魅力。所谓“医者仁心”，先生其诗不离仁心，字句间流露的是生命之大爱。先生以诗为媒，传递的是医药知识与人生感悟，更是对人世情感的深切关怀和对生命和谐的不懈追求。

览毕全集，不禁感叹：诗内药香幽幽，句中人生悠悠。这卷诗集，不仅为中医同道提供了精神食粮，更为广大读者开启了一扇充满药香、通往健康与智慧的大门。愿读者诸君借此诗集，于纷扰尘世中寻得一份宁静，于日常生活中悟得人生真谛，身心俱健，天人合一。

是为序。

刘毅

甲辰孟夏于成都中医药大学

（刘毅，成都中医药大学党委书记、教授。）

自序

中医药和中国古典诗词同属中华传统文化之瑰宝。古之医者，医儒兼备，能医能赋者不乏其人，最负盛名者，当推清代薛生白（号一瓢），其《湿热条辨》被视为论治湿热病的经典，同时有诗集《一瓢斋诗存》，并有诗论《一瓢诗话》等。时任我们学生时代《黄帝内经》教学的吴棹仙老师则是“能医能酒又能诗”的医学泰斗。王渭川教授，全国著名妇科专家，医学精湛，雅好诗词，著有诗集《入蜀行吟》。20世纪90年代，我受公派在台湾省长庚大学、长庚医院兼职期间，结识了享誉两岸的中医大师马光亚先生，他赠我《马光亚作品集》，其诗书画颇有造诣，由此可见前辈的功底，不一一列举。《一瓢诗话》云：“夫诗以道性情，感志意，关风教，通鬼神，伦常物理，无不备矣。”但又叹道：“昔人已有诗亡之叹，况今日乎？”可见对诗词传承、弘扬之虑。本人不敏，于1957年高考进入成都中医学院（即今成都中医药大学）医疗系本科学习，至今近七十年，从事医疗、教学、科研工作六十余年，中医专业无疑是本行，诗词只是业余爱好而已。一段时间栖居新津县（现成都新津区）花源镇金秋乐园，与著名诗人、书法家郭剑青先生结邻，往来频繁，亦师亦友，时有唱和，交往中我获教多多。《诊余吟草》是业余咏吟，涉及对古代医家的追慕评价，对盛世、人生、旅居、执业感怀，文化传承，以及友情、亲情等诸多方面，这些尝试之作，瑕疵难免。本人晚年供职的成都中医药大学国医馆主管领导权可富同志、馆长田小平博士，极力推荐该诗稿出版，学校党委书记刘毅教授为之作序，在此一并致谢！

2024 年 7 月 21 日

目 录

杏林怀古

岐黄情

师生情

凭吊灾害遗迹

海外播岐黄

赴台讲学游记

海外观光

北海游记

客居青城山

彭州白水河避暑

览胜

乡魂

感时

亲情

友情

苦吟

唱和

吟物

祝寿

悼亡

杏林怀古

注：杏林，中医学界的代称。

（一）吴又可[①]《温疫论》（排律）

世危饥馑延，遍地起狼烟。
疫火燃南北，尸骸遗野川。
时医少谋略，方药囿陈篇。
驴马忧之混，寒温识者偏。
六淫元本误，杂气病因诠。
顺逆有常变，浅深无序传。
窝巢达原引，峻剂逐邪专。
求本溯源治，拔根移日痊。
先知微态学[②]，争立巨峰巅。
伟矣中华杰，首翘谁比肩？

① 吴有性，字又可，江苏吴县人，明末清初医家，著第一部温病学专著《温疫论》。
② 微态学，指现代感染微生态学。

（二）温病四大家

叶天士[①]（排律）

难得清闲湖上游，门徒贤辈伺轻舟。

三秋桂子散幽馥，十里荷花迷逸鸥。

金口吐珠仁道释，银毫逐浪素笺留。

四国接诊颂声作，一部指南勋业遒。

屹立九重恩泽广，擎天砥柱共洪流。

① 叶桂，字天士，号香岩，因居上津桥畔，故晚年又号上津老人。清乾隆年间名医。某日游太湖，观十里荷花、三秋桂子，门人顾景文随之舟中，信笔录记口授，遂成经典《温热论》，其《临证指南医案》为门人所辑，内容宏富，世医尊崇。

薛生白[1]（排律）

薛雪结庐森木掩，山庄扫叶牧牛悠。

研经湿热称高手，避世声名隐上游。

儒雅风流宦情寡，老成至性德望尤。

武林俊逸拳坛秀，文苑纵横诗品优。

才气孤标冠云岭，韵高志满浩难收。

① 薛雪，字生白，号一瓢，又署牧牛老朽，清名医。隐居苏州南园扫叶庄。工诗画，善拳勇，举鸿博两征不就。著有《湿热条辨》《医经原旨》《一瓢诗话》《一瓢斋诗存》等。

吴鞠通[①]（排律）

弱冠丧亲忍泪流，一生苦志大医修。

无心举业荣势避，着意挥翰贞劲遒。

羽翼伤寒寄新意，渊源经典入深幽。

三焦论治成纲领，四诊有凭称壮猷。

千古杏林遗《条辨》，活人勋业记春秋。

① 吴瑭，字鞠通，清代著名医家，因父病逝，哀痛欲绝，遂弃举子业，专事医学，著《温病条辨》。

王孟英[①]（三首）

1. 少年失怙励志从医

呱呱入世重帷庆，失怙少年徒壁空。

帐内燃灯诵无已，梦中求术自难穷。

读书明理初心寄，好学虚心定力雄。

贯古融今汇经纬，鹊起江南耀铭功。

2. 乡归梦

钱塘江水泛清流，梦隐山人望晚舟。

携砚未闲仁术布，还乡犹有客程忧。

半生漂泊风尘困，四海艰危时运愁。

一代宗师无限憾，忍随夙愿入荒丘。

---

① 王士雄，字孟英，自称半痴山人。出生于杭州，十四岁丧父失怙，励志习医，足不出户庭，手不释卷册，灯燃帐内顶为之墨，自书一联“读书明理，好学虚心”励志。曾云携一砚归籍，泛于江，浮于海，荏苒三十余年，时有所录。著有《仁术志》《归砚录》《回春录》《王氏医案三编》《温热经纬》《霍乱论》等，《重订霍乱论》为感妻女为霍乱所害而作，称其女临终思父疗。

3. 一代英才

励志士雄期世用，潜斋梦隐乱兵囚。

衰妻危怠思夫疗，弱女临终盼父惆。

伤感萦怀移日郁，离愁别恨续篇修。

呕心沥血渊微发，起死回生盛誉尤。

道论研通精义奉，大江南北竟相讴。

（三）川派温病医家选

陈承[1]

谚云箧里一盘冰，直扑炎威独自灵。

《本草》弘扬《局方》校，勋名难隐暗飞声。

王光甸[2]

漠漠春田隐碧川，谦称为憨实英贤。

隆誉乡里瘟神送，寒疫开篇一代先。

① 陈承，宋代医家，阆中人，治病多奇效。好用凉药，有“陈承箧里一盘冰”之谚。尝将《神农本草》及《图经本草》合而为一，辑为《重广补注〈神农本草〉并图经》。曾校《和剂局方》。

② 王光甸，字春田，号半憨山人，什邡县人，清代医家，著《寒疫合编》四卷，广为流传。

温存厚[①]

少年横剑志从戎，继序岐黄军旅中。

惶惑寒温难定夺，心书释道指迷蒙。

蜀中女医曾懿[②]

芝兰疏俗雅姿扬，一片幽香出苑墙。

名噪身藏古欢室，相牵一脉誉殊方。

---

① 温存厚，字载之，清道光至光绪年间渝州人。弱冠从戎，军旅之暇，旁涉轩岐，治病救人，痊活甚众。为使温病的认识家喻户晓，免遭庸医之误而著《温病浅说》。

② 曾懿，女医，成都华阳人。著有《古欢室丛书》，含《医学篇》《诗词篇》《女学篇》等。在医学上推崇叶天士、吴鞠通等温病学家，其古欢室湿温初起方成为治疗湿温的名方。

岐黄情

注：岐黄，即岐伯与黄帝，为中医始祖，代指中医。

毕业五十周年青城山聚首

山村桂馥锦枫燃，雪羽飘飖群鹤还。

白首相逢故人醉，青春顿觉少年欢。

同窗六载[①]浑如昨，效职一生空有闲。

疏影熙熙频起舞，依依别曲久盘旋。

2013.10 于青城山

① 20世纪50年代教育部规定成都中医学院疗系本科为六年制。

传薪

翘首岐黄笼瑞烟，远山高削仰攀缘。

乾坤浩荡存初志，岁月峥嵘慰暮年。

论学未能前辈及，集贤尤望后生端。

而今灯下些须究，剩欲助添薪火燃。

2013.11

观电视剧老中医感怀

（一）

纯青炉火数千年，铸就金针度命关。

救病神农尝百草，问师岐伯[1]集群贤。

杏林恩泽争相颂，国粹废存时杂喧。

四海扬辉彰大道，邪藏自是畏犀燃。

（二）

奥义难穷万仞渊，苍茫浩渺际无边。

临深履薄欹危度，不息分争曲折前。

素业功夫时世进，精诚医德古风延。

绵绵神韵弥天宇，遥羡问津洋外传。

① 岐伯，华夏中医始祖。

参加谷晓红[①]教授课题启动感怀

白首聚华堂，相期道术彰。
时光难我待，薪火虑途长。
荣谢随天序，新陈吐瑞芳。
催花望硕果，度曲颂南阳。

坦荡度春秋

白衣催白头，坦荡度春秋。
老去年光惜，闲来仁术投。
虚名成过眼，别业自寻幽。
旷望千程路，怡然遐步遒。

2021.8.19

① 谷晓红，北京中医药大学教授，博士生导师，教育部中医类教学指导委员会主任，中华预防医学学会副会长，中华中医学会感染分会主任委员。

贺屠呦呦获诺奖

青蒿扬国粹，千载史诗留。

万古难题破，一生成果谋。

头梢积霜雪，世外易春秋。

未料惊雷起，呦呦声誉遒。

2016.8.16

成都中医药大学附属医院白衣天使赞

一袭白衣神韵骄，生灵护守任劬劳。

重门深院青春奉，当代英才风范标。

2024.2

题马派传承[1]与国运同行三年纪

驰骋纵横威势扬，识途老马播岐黄。

峥嵘岁月春风劲，蹄响征程乐未央。

闲未闲

续卷挑灯兴未阑，有情银发竟超然。

未忘历乱流光逝，休问余生闲未闲。

2015.6.29

① 马派传承，指马有度教授创建的中医网络传承。

把脉

指下凝神年复年，浮沉变化命攸关。

半生危坐霜鬓对，贵贱无殊唯谨虔。

诊余

诊事绵绵枕上萦，似清似寐醒三更。

寻思痼疾沉疴起，老我术谋医海征。

杏林有传人

（喜外孙考入中医药大学）

梦里杏林情未了，名园花竞秀株高。

老夫衣钵新人继，百会堂[①]前授学袍。

喜闻孙女考入大学

明珠亮远洋，蕴育自辉光。

璞玉精工琢，藏锥脱颖囊。

2024.3.7

① 百会堂，成都中医药大学学术厅、大会堂。

名医工作室落户重庆涪陵授牌有感

端拜真情动，衰怀顿激昂。

谁同老蹄奋，一代后生强。

2023.10.6

师生情

参观新校区有感

学府春光覆，闲观兴未央。

书音悦心近，翰墨上衣香。

天助千夫阵，声飞百会堂。

忘归三径客，乐矣醉壶觞。

贺医七七级论文集出版

几度伤时梦，尘蒙接大荒。

晚晴长夜尽，芳岁嗜书香。

桃李荣故里，功名彰异乡。

难忘教鞭执，注看锦帆扬。

丁酉年教师节做客华阳

长堤品茗聚华阳，新店江村腊酒香。

如梦生涯催白发，后生英气满青囊[1]。

飘摇残烛余光短，荏苒流年初志藏。

荣谢往还层出秀，千秋熙茂绝榛荒。

寄意弟子

为何陶醉晓层楼，临别觥筹兴未收。

西岭雪山犹可及，东方瑰宝却难求。

吴瑭《条辨》须高唱，仲景《伤寒》勿放流。

朗月中天相望处，唯期网络释离愁。

---

① 青囊，古代医家存放医书的布袋，代指医术、医生。

教师节有感

耘锄珠汗滴，劳罢一杯醺。

回首惊桃李，开眉忘苦辛。

丹心犹自信，白发竞争新。

筑梦添薪火，辉迎继序人。

吐丝

梦里重回旧讲堂，古今驰骋索岐黄。

老残未废心犹热，吐尽余丝倾九肠。

耕耘

荷锄烟雨寄平生，总为新葩窃动情。

唯有银丝珠汗滴，犹如甘露沃枯茎。

琢玉

时逢甘露降，窃看鬓如银。

黉府岐黄蕴，欣为琢玉人。

云谊

（壬寅年春节传承工作室门生青城山来访）

寒山阴雨野茫茫，却有门生道吉祥。

欢语盈怀杯酒尽，煦风消我鬓眉霜。

2022.2.16

春醉

但喜芳园遍绿茵，万千朱蕾满枝焚。

独钟灵秀迷望眼，春醉难醒白发人。

观何光鉴[①]学长十二桥[②]老校区照片感怀

画屏逸目启尘埋，十二桥头牵梦回。

一夜韶华霜鬓易，故园春色入幽怀。

2021.6.15

① 何光鉴，成都中医药大学附属医院教授、主任医师，著名肿瘤专家。
② 十二桥，成都中医药大学老校区所在地。

凭吊灾害遗迹

凭吊五里坡泥石流遗址

（8月3日傍晚驱车至泥石流遗址凭吊）

时暮青山小径幽，咽溪危石断桥浮。

离魂缕缕清空绕，凄泪斑斑萋草留。

野水五更成恶浪，江村一瞬变荒丘。

但期早日家园复，处处笙歌仁政讴。

2013.8.23

凭吊汶川中学地震遗址

水墨层峦落日西，岷江呜咽杜鹃啼。

墟坟暗卷阴风冷，疑似归魂慰母凄。

灾后重建

空山幽壑听泉鸣，烟雨朦胧曳杖行。

动地悲风相去远，难寻陈迹慨华荣。

2012.7.20 于龙门山白水河

海外播岐黄

题苏黎世湖

（2001年春季，赴瑞士讲学，课余游湖有感）

喜看清波拍岸花，湖光潋滟漫无涯。

天鹅也识东方客，引颈相迎一逗哗。

出席意大利学术会议①

云端直上隐幽遐，乱点流星飞彩霞。

罗马倏来巴蜀客，岐黄遥播海天涯。

山光溢美鸿仪醉，心语抒怀情谊嘉。

多少疏枝墙外放，卓然国粹世遗华。

---

① 2014年10月被邀出席在意大利召开的欧洲阿维森纳中医研究所成立三十周年学术活动。

重逢友人克劳德[①]先生

腾空万里行，欧亚总关情。

弘道同君识，谋身各自营。

华医逾国界，贤业育精英。

济世彰奇术，千秋遗颂声。

① 克劳德，阿维森纳中医研究所所长，成都中医药大学客座教授。

赴台讲学游记

重返台北长庚大学中医系演讲

（1998年始四年次赴台讲学）

十二年前大讲堂，高台兴引索枯肠。

别无珠汗知心迹[①]，桃李报春萦锦江[②]。

阳明山晚眺

日暮秋风起，欲归山色迷。

芦花翻雪浪，台北笼虹霓。

---

① 中医认为“汗为心液”。
② 锦江，是岷江流经成都的主要河流，这里代指成都。

日月潭游

波光潋滟碧岑环，湖色空蒙秋色残。

风送花香浪琴起，悠悠客雁几时还？

参观台北士林官邸

淡蓝官邸隐幽烟，岁月留痕往事迁。

无奈《圣经》长释手，丹青溢雅美人眠。

参观台北故宫博物院

瑞光深笼傲尘寰，万宝秘藏稀世延。

宫阙浩然天子邈，乾坤弘景庶民观。

溯源脉涌炎黄血，易代肤同华夏颜。

承继增辉扬远业，自由共享在何年？

1998 年秋月

太鲁阁筑路[1]老兵死难庙碑

峡谷断花莲，重峦隧道穿。

苍岩留碧血，白骨寄青川。

寒烛凝悲泪，凄风助咽泉。

劝君轻掷足，地下有人眠。

1998年秋月

① 太鲁阁花岗岩大峡谷，位于花莲县，台湾省著名风景区。唯一横穿中央山脉的公路于1958年由老兵筑成，殉难者众多，当局修庙立碑祭祀。

海外观光

南海邮轮之旅

壮我远洋游，惊魂一霸舟。
豪华赛宫阙，磅礴撼云楼。
同是沧浪客，已成风雨鸥。
纵横千万里，骀荡兴难收。

2018.1

马尔代夫游

扶摇赤道旁，千岛泛星芒。
茅屋隐幽水，沙滩赛艳妆。
凌空追凤鸟，入海戏龙王。
一路长歌伴，何时再续航？

游越南下龙湾①

水上千峰立，虚涵混太清。

长风放飞棹，细浪动浮星。

战鼓硝烟息，渔歌岁月宁。

安和助游兴，直向海隅行。

新加坡金沙酒店②空中花园观夜景

扶摇一举触苍天，洒落繁星海底燃。

且向流霞人已醉，浑然不觉隔尘寰。

2018.10

① 下龙湾山岛林立，有“海上桂林”之称，为世界新七大自然奇观之一。
② 金沙酒店，新加坡豪华酒店。

观纽约港自由女神像

冠芒射斗牛，擎炬伴航舟。

神韵扬天下，英姿胜绝遒。

2011.11.7

美国波特兰赏山景

雪岭岿然立，澄湖雁影翔。

秋深花不落，风静自流芳。

美国哥伦布暂居

墅舍山林静，枫燃夕照墙。

涛声促乡梦，离雁正回翔。

赏新加坡植物园胡姬兰

林海疏枝万点红，朱炎淫雨立芳丛。

诱人岂是凭娇艳，幽馥满园熏惠风。

2018.10

北海游记

疍家人[①]渔鱼

渔归暮霭笼平沙，潮落星垂辉疍家。
千载寒舱追日月，五更腥橹索鱼虾。
飞刀脍鲤鳞飘雪，烈焰烹鲜鼎沸花。
摧绝琴弦迷宴舞，为谁破浪忍饥划？

2006 年冬月

北海贺岁

烟花火树绚争妍，碧海星空云水燃。
宝马奔驰鸣大道，香醅飞溅醉名贤。
渔村爆竹添岁喜，寺阁钟声醒市闲。
且看桃符新旧易，难藏白发恨春迁。

---

① 疍家人长年累月生活在海上，世代蜗居蛋壳样船舱。

醉海

沧茫海吐一丸红，云霭呈祥辉彩虹。

浪卷鸥翻迷醉眼，花香雨过沐清风。

轻歌曼舞天涯秀，独步行藏画里融。

已是忘年童冠转，狂来却哂白头翁。

岭南游

蜀地千花谢，岭南冬有荷？

清魂牵旅梦，凡翼拍云波。

踏浪扬帆远，寻幽弄杖多。

险夷皆信步，一路伴欢歌。

长滩夜步

潮收欢浪息，夜降晚霞穷。

倏尔流星逝，从来步履匆。

春秋淘过客，日月永留空。

顾影浮生短，青丝一夕翁。

桂南忘归

老去常为客，清游不问年。

风情渔火月，诗意浪琴滩。

星灿珠光映，椰香瑶舞欢。

潮生催雅曲，流韵上心天。

北海一瞥（排律）

银滩天下扬，翘首众人望。

熠熠珠光灿，粼粼碧海茫。

潮平沙岸阔，风送木椰香。

宿鹭怜沧水，驼翁钓夕阳。

弄拳三尺剑，习武两徐娘。

银发空浩荡，莺喉尤激昂。

长堤赛风韵，少女竞奇装。

泼墨云龙卷，对棋餐馔忘。

忘机身影息，兴尽梦魂藏。

漠漠流连客，他乡亦故乡。

思乡

岁末望春晖，乡思乡梦随。

南来北方雁，未晓已全飞。

夜钓

点点沙痕雨，暝暝淡远鸿。

清波摇冷月，蓑笠钓滩空。

客居青城山

登青城山

山色空蒙晓月钩，欣然举步屐声遒。

林间宛转上青岭，足底崎岖颠白头。

树老日边飞鸟绝，景幽天下旅魂留。

一时难罢恣游兴，欲假浮云驾鹤舟。

2017.8.22

青城亭阁品茗

万株耸翠烟溪静，亭阁听蝉佐道茶。

葱岭淡岚涵古寺，清泉茂竹荫农家。

何须寄远通天道，自有销魂满苑花。

不作青头老夫秀，气清神定醉流霞。

青城晨曦

青城山雨后，空翠墅川幽。

古刹禅钟静，残云晚月钩。

无边神剑闪，太极老身柔。

瑞世忘机鸟，珠喉处处讴。

药王庙[①]游记

向晚险登攀，仙风古刹环。

真人千载去，慧烛九霄燃。

入望皆过客，凌虚上老天。

洪钟彻空野，道气自森然。

---

① 药王庙，全称药王庙道观，始建于唐朝，位于青城山南面，供奉药王孙思邈。相传孙思邈古稀之年隐居于此，写成巨著《千金要方》。

问花村[1]赏花

万千朱火顿时燃，宛若飞身云彩间。

疫疠惊魂何日已？问花一笑早谋欢。

2021.5.11

游建福宫

青城时雨净埃尘，远寺空蒙瑞色臻。

踏破山门人未断，世间谁说道心泯？

① 问花村，青城山脚下综合性观花园区。

参观中华熊猫苑

通幽独径上云天，争睹尊容踵迹连。

尔辈为何人世宠，一身荣贵绝尘寰。

夜游

星点满天珠露凉，白头幽夜任行藏。

机缘总是恒牵手，攀仰山门迷道光。

2021.7.24

游天国寺[1]

披星上翠峦，银鹤舞中天。
古刹晚钟荡，忘归为悟禅。

春赏菜花

花翻黄浪散幽香，疏影熙熙蜂蝶忙。
荣谢相催天不老，萧萧白发恋春光。

---

① 天国寺，又名圆通禅林，是青城山重要组成部分。

做客农家

（一）

翠笼篱墙花笼溪，瓜沉累累压枝低。

金风送爽杯留客，麻将声声送日西。

（二）

未当寒食断炊烟，万户农家迎市闲。

腊酒山羹醺客醉，暗讥垂腹堕华筵。

2015.8.5

寻幽

平野千花自半开，青城曲径屐痕苔。
寻幽步月惊林鸟，随兴杖藜怡阁台。
联袂联诗拈韵醉，娱山娱水纵情回。
何愁朝夕催银发，日日春晖迎我来。

陶然山村

岷山日日翠生烟，潭壑空凝响杜鹃。
花径林泉篱落绕，朝霞珠露泽荷燃。
笙歌处处心弦弄，腊酒家家市客延。
翘首青天离闹事，开樽邀月共清欢。

听蝉

纵目莽苍苍，小楼风送凉。
踏歌迎日出，步月染荷香。
乐有高朋集，忆曾浮世忙。
群蝉感时唱，我亦和声扬。

秋日览山景（古风）

清清冷冷少人烟，携手相随徐步前。
常恨春归无处觅，荆藜扶影敲空山。
石径通幽断碑在，竹篱栖隐旧巢还。
遥隔嚣尘千籁息，半掩柴扉听暮蝉。
煮茗绝虑秋浪品，澄怀逸兴素心欢。
坐爱枫叶归时晚，霜露沾衣晚霞残。
过眼荣枯悉有序，夕阳西沉朝阳还。

栖幽（排律）

青城宵雨后，迎目满山幽。

叠嶂旋岚起，飞泉喷石流。

秋声枕边息，香梦曙前收。

世外好娱老，尘中奔喘牛。

素颜春泽润，白发煦风揉。

把盏轻轻酌，由衷心曲讴。

踏青

子规声里菜花扬，水墨层峦犹画廊。

料峭春风醒醉客，归来得意袖含香。

春催

春催万物熙，幽馥路人迷。

旷邈无尘秽，飞红化锦泥。

夜宴送别

野径萧疏雁日斜，烟村寥寂客思家。

留香夜宴情难了，入韵秋声望欲遐。

忆昔青城花映道，陪游秦堰水飞沙。

相期健步重登阁，拾取流霞润晚华。

寄重逢

秋风起岷水，逆浪滞行舟。

蝉唱淡归意，枝垂添别愁。

知音迷旧曲，陈酿醉新俦。

入夜难挥梦，欢宴重聚楼。

话别

青城方落叶，锦水渐飘黄。

闻雁思乡切，游人话别忙。

店家躬送客，村酿腹留香。

盼到重逢日，品鲜同纳凉。

青城情结

杖藜原野似漂蓬，浪度春秋潜影踪。

缘结青城情谊笃，忍开归步寄重逢。

彭州白水河避暑

山隐

形隐山林静，忘忧独豁然。

清风疏韵梦，冷月透窗眠。

无奈流星逝，有闲观世迁。

青丝缠百事，皓首怿天年。

闲居

独爱烟村静，山青草木长。

清蝉鸣屋树，白首隐篱墙。

野步形骸隐，浪吟尘世忘。

心同天皎洁，幽梦入荷香。

山村吟唱

市远嚣尘息，心闲昼夜长。

旧游常聚散，老去任行藏。

酬唱情难抑，销魂形已忘。

休讥垂白叟，枯嗓却铿锵。

龙门赏景

龙门赏景在凌晨，暑却身凉独爽神。

若待余晖岑色染，开扉尽是遛弯人。

2012.7.29 于龙门山白水河

栖隐

林泉栖息一枝安，岁月风清情意闲。

寒暑相催共荣谢，老藤新蔓竞春山。

访友不遇

归途上宝山[①]，新旧屐痕连。

同好羹藜品，故人焉不还？

2016 年夏月

① 宝山，彭州宝山村，属龙门山景区，避暑胜地。

览胜

重庆朝天门[①]码头之夜

银河断落目惊呆，滚滚碧波江两来。

险路破空穿鹤岭，轻舟逐浪拍舷台。

吼声动地纤夫去，拾级朝天昔日哀。

喜见飞虹笼华市，不禁长啸老怀开。

重游成都工部草堂寺

黄莺依旧鸣翠柳，白鹭仍然翔碧天。

茅屋西风昔时破，苍生广厦即今还。

留痕花径史尘掩，谒圣草堂情意虔。

笔底波澜壮心魄，诗魂凝曜九霄燃。

---

① 嘉陵江、长江汇合于朝天门。

草堂寺诗歌长廊

馥郁花溪限榭亭，蓝天底下水中鹰。

杜陵野老今何在，诗满长郎客满庭。

丙申深秋登剑门关关口要塞

疾风掀乱发，曳杖上云端。

万马嘶声息，千军遗骨寒。

凭虚吊先古，览胜祭边关。

血雨腥尘断，叶红霜满天。

游阆中古镇

窗含山色翠，云霭笼江滨。

古邑镇巴蜀，通衢连汉秦。

石街闲步稳，瓦屋小眠亲。

忍向幽亭别，卷尘驰九津[①]。

2017.8.22

① 九津，古代指日出的地方。

叠溪松坪沟地震遗迹

羌寨横云岭，寻幽自渺茫。

曾经天地裂，未觉岁时藏。

林壑添秀色，江村遗野荒。

凭高思绪远，回首顿迷惘。

2015.6.23

百花潭赏桂

花潭百花竞，迎客桂魂翔。

菊怨身姿欠，梅收季节藏。

广寒宫里植，金色影中彰。

不惹群英妒，怡然奉雅芳。

重游大邑安仁古镇

声名仍望隆，投迹卷尘风。

受教收租院，催生艺术宫。

庄园存旧貌，古邑焕新容。

物象时空易，人从步履匆。

蒲江朝阳湖游

偕友泛轻舟，平湖汗漫游。

回波连影动，落照胜春柔。

天籁依稀渺，渔帆淡远幽。

飘摇心自稳，逸态向闲鸥。

2013.12.12

成都琴台[1]怀古

百花潭古百花新，难展琴台汉女颦。

不见当垆邛酒帜，歇芳头白隐千春。

① 成都琴台路有卓文君塑像。

题成都散花楼[1]

锦水烟波笼日曛，散花楼外乱蝉纷。
飞梯跃入绿云醉，太白一吟天下闻。

题洪雅柳江古镇

煮茗廊檐醉水乡，古榕浓荫几沧桑。
匆匆过客销魂处，梦里题吟迷柳江。

---

① 散花楼，隋朝初年蜀王杨秀所建，得名于“天女散花”。李白诗《登锦城散花楼》：“飞梯绿云中，极目散我忧……今来一登望，如上九天游。”

题彭州白鹿镇[1]

一路青山流彩霞，洋楼烟隐是谁家？

仙人出没忘忧处，不着浮尘品晚华。

2015.5

游重庆缙云山

缙云山月钩，古刹佛光柔。

形寄幽林里，顿消尘下愁。

① 传说曾有仙人骑白鹿出没。

大邑县新场古镇赏春

柔遐迷岸品灵溪，寄兴余澜送日西。

几度回眸归步缓，耳边仍有杜鹃啼。

崇州市元通[①]古镇重游

迟日江边思旧游，依然雁塔古仪遒。

昔时征战疫情急，事去影空人白头。

2021.10.18

① 元通，著名古镇，位于崇州西北部。20世纪60年代夏，作者参加国家级710战备课题，受派至元通从事钩端螺旋体病临床研究。

参观沙湾郭沫若故居

沫水[1]钟灵秀，文豪一代先。

腥风削风骨，萧瑟故居寒。

参观峨眉山蒋介石官邸

官邸失严威，楼空阴气随。

阳明山[2]隐客，魂梦断峨眉。

① 沫水，大渡河之古称。
② 阳明山，台湾省名山。

观敦煌月牙泉

深坠风尘明若镜，气冲霄汉卧霜寒。

寂寥戈壁有人顾，唯听沙鸣空望旋。

新津“花舞人间[①]”一览

春深春未残，斗艳舞花间。

不见徐娘老，遥看少女欢。

① 花舞人间，成都新津区景区公园。

游简阳三岔湖

清夜平湖月伴航，秋风疏籁没苍茫。

晓烟曙色闻啼鸟，鞠别渔翁携酒香。

弟子陪游崇州鹤鸣后山

林泉漱石流沙净，松柏溢芳空气清。

桃李舒枝花竞秀，山风抑籁鹤扬声。

崇州道明乡游

如画乡村花鸟谐，竹楼曲水胜瑶台。

半杯新酿惹诗兴，抒尽幽衷娱老怀。

2021.5.19

峨眉行

擎天危岭竞峥嵘，一路披霞染翠行。

阵阵梵钟幽谷荡，佛光似笼滞归程。

2021.6.26

游绵阳仙海

千顷湖水漾涟漪，一片残云孤雁飞。

迟暮闲情何所寄，鬓霜蟾月静相依。

2021.9.27

蒲江茶园品茗

处处幽香不见花，万顷苍翠染烟霞。

胜如甘露醺人醉，雀舌轻舒到日斜。

2021.9.28

壬寅年崇州蒲江赏春

春风送我赏春光，花色撩人蜂蝶忙。

桃李争邀奔突客，满头霜雪少年郎。

2022.3.12

郊游成都悦动彩林公园

绝尘一路出郊欢，花海繁红接碧天。

白首追风君莫笑，自娱何必学儒酸。

2022.6.2

端午节成都文化公园赏荷

细雨微风暑气消，荷塘花色翠萦缭。

一支笙管无人听，只为娇红争聚焦。

2024.6.10

春日安仁镇民宿之夜

夜色空蒙对月闲，花阴满地暗香残。

乡村易貌今重览，枕上牵思向野眠。

2023.3.7

壬寅年春日游东安湖

万顷湖水万花开，一片幽香入画来。

莫待春光空过眼，长留心底梦中回。

2023.3.17

蒲江西崃古镇大榕树

满江春水碧泓澄，遥岸霏微浸野亭。

盘石虬根风雨固，沧桑阅尽屹然荣。

2023.3.2

游眉州

心仪已久拜眉州，无不销魂兴致遒。

千载东坡风骨颂，且将灵府漱清流。

2023.4.1

峨眉红株山楼台品茗

品茗楼台横翠微，娇声鸟语醉心扉。

陶然仙嶂无忧客，暮鼓昏鸦催不归。

2023.5.16

题雅安海子山

千山叠翠碧波连，花共彩霞峰顶燃。

长啸一声云海动，宛然羽化已成仙。

2023.6.20

涪陵乌江行

古壑乌江壁立峰，半空烟雨客程东。

洞穿危岭潜修道，目断青山一箭通。

夜游乌江

空蒙夜色笼虹霓，做客泛舟江水迷。

阵阵心潮追锦浪，老怀摇荡岸难离。

视频遥览广元女儿节即兴

万舟齐发水流芳，叠鼓嘉陵竞艳装。

波撼千年皇泽寺，利州自古女儿强。

2023 年秋月

游成都清水河公园

蜿蜒小径入深幽，红叶未残初别秋。

心有风光无远近，老林屐响暮烟收。

乡魂

乡归

蜀道天关一箭开，乡愁牵梦动车回。

疏枝东柳[1]迎风拂，茂竹西山扑面来。

不识旧踪频展转，唯望华厦久徘徊。

从花片石亲情系，如画新村谁剪裁？

大竹百岛湖

百岛含苍翠，湖山映曙光。

悠悠春燕舞，渺渺影帆扬。

竹韵乡情系，民淳古谊彰。

青丝辞故土，皓首吻泥香。

---

① 东柳，地名，柳树林立，故名，隶属四川大竹县。

怀师

日上东湖桃李开，文昌[①]楼阁旧时台。

护城河下春水绿，不见恩师身影回。

东柳桥忆旧

东柳清溪[②]月，板桥何有霜？

店开迎客早，扑鼻浊醪香。

① 文昌阁，作者母校大竹中学高中部旧址，护城河将其与初中部隔开。
② 东柳、清溪皆地名，东柳特产醪糟素有盛名。

感时

观纪念抗战胜利七十周年阅兵式

七十年前血战开，山河破碎恨盈怀。
而今仪仗惊寰宇，在昔英雄伏虎豺。
万道寒光神器亮，千秋瑞色鸽音回。
中兴日朗魑魅隐，常望长城烽火台。

新貌

一朝动土指天阙，但见苍山楼外楼。
刺破云空触星月，蜿蜒丝路出神州。
交通阡陌连蛛网，驰骋纵横逛日头。
故垒幽踪无处觅，流光溢彩乱青眸。

2017.8.22

闹市闲居

胜若禅心静，桃源闹市隈。

五更残月隐，三径落英飞。

陋室香翰墨，幽情入酒杯。

行吟森木里，乐矣不知归。

2017.8.22

晚兴

岷水笼霞辉，层林闲鹤回。

屐轻难稍歇，时短暗相催。

晚节经霜固，浮荣逐日摧。

征途无断客，且看竞新魁。

2018年夏于青城山

回看

蹄破荆棘路，前行心力坚。

无声催白发，对镜笑苍颜。

不为功名恼，何曾荣辱烦。

夕阳谁与共，诗酒我同欢。

2015.8.2

农村集市观

人流填闹市，吆卖敞喉商。

我自空囊赴，他称奇货抢。

忍看猫鼠戏，遗憾水云乡。

迷乱浮华界，归巢避噪狂。

2017.8.22

无题

霜风残叶百花穷，银鹤纷纷集晓峰。
不畏千秋霭云雪，满山竞放白头翁。

劫后思

蹉跎度日艰，惶恐睫交难。
十载红羊劫，一朝银发残。
霾消风雨后，春动岁华还。
复业思冯妇，心随国步安。

往事祭

欲眠惊梦随，往事不堪追。

杏苑遗残卷，黉门堆劫灰。

荒芜长昧道，幽室有潜辉。

一夜春风动，神州芳草催。

奔八感怀

匆匆临闹市，奔八险夷欢。

身老征途继，才疏愿力坚。

根株沃甘露，桃李满春山。

未断肝肠热，助燃薪火传。

2017.2

参观建川博物馆有感

倭退狼烟息，何曾畏敌狂。
台儿庄上血，催泪祭铭章。

银龄[①]园

喜逢雨霁遍晴空，疏影熙熙香满丛。
谁说孤芳难竞秀，入望竟是白头翁。

① 银龄，指老年时期。

老行难

广厦齐天车若蚁，争途曳杖知无济。

且从朗日借精神，堪笑趑趄老蹄徙。

2017.10.23

秋兴

烟笼重楼翠掩家，幽香缕缕透帘纱。

空庭萧瑟秋虫听，逸兴素笺怀望遐。

2013.9.29

神驰

芳草芊绵春意华，阴霾消尽醉流霞。

纵情枯笔重耕砚，心向神驰未有涯。

品鲜

随风摇落已难藏，寻入鼎中烹野香。

下箸漫搜些许究，须知余味老绵长。

注：林舍银杏树茂密，果实坠落，拾取煲汤，尽享美味，是为赋。

浣花溪品幽

晓雨涤轻尘，萋萋草色新。

花溪心意惬，吟看物还淳。

遣闲二首

（一）

慵坐品秋瓜，依稀雪岭遐。

得闲休恨晚，剩欲寄天涯。

2018 年秋月于青城山

（二）

晨起一杯茶，敞扉闲看花。

芝兰吐珠露，陋室染香霞。

题城市公交

驾盘在握转无闲，昏晓金乌星斗悬。

电掣雷鸣风雨雪，一程心路一重天。

锦官城消夏之音

一泓锦水夜潇潇，流尽千年旧事遥。

曾醉花卿[1]丝管息，全新摇滚梦魂飘。

2013.9.25

① 花卿，唐朝成都武将。杜甫诗《赠花卿》“锦城丝管日纷纷”。

不夜城

烟笼星垂楼叠楼，霓虹灯下管弦悠。
暖风徐度人先醉，谁在销魂夜不收？

岁月漫度

秋蝉日日送斜阳，岁月偷来两鬓霜。
未饰铅华遮旧貌，漫消余热度时光。

元旦放怀

（2022 年元旦次日，四代友人聚会于青城山）

新元伊始聚朋侪，举盏沉酣恣放怀。

旧梦重温俨如昨，一从淑气福缘开。

2022.1.5

作别秋日

飘残黄叶路人稀，层岭苍茫冷雾弥。

老去凭窗聊寄傲，心存风景晚晴怡。

2021.8.10

秋日漫步

默默偕行小径幽，影随黄叶入清流。

枯藤老树金晖笼，自是多情信步讴。

2021.10.30 于优品道

梦

枕上弄潮征棹遒，古今驰骋兴难收。

神思飞越虚空度，一夜春秋惊白头。

2021.5.31

舒养之家[1]娱老

老目轻舒迷锦江，夕阳流韵正绵长。

心娱自有香魂梦，雅逸熙和改鬓霜。

秋雨

老井枯桐叶落黄，潇潇暮雨幔丝长。

阴霾洗净心存暖，何惧霜风早扑狂。

① 2022 年 7 月 5 日入住兴城美邸舒养之家体验。

过客

风雨征途疾，青丝忽若银。

老儒疏奉献，欲竞寸阴珍。

疏郁

残阳墨染悲，霾散煦风吹。

日郁千花谢，心怡五脏绥。

驮

夹尾破蹄磨，疲羸一老驮。

唏嘘险途度，自我慰蹉跎。

惊老

青眼涉红尘，棱磨传道身。

倏然惊岁老，何愧杏林人。

夕阳偶吟

夕阳烘彩霞，回览雨风加。

窑老甜心醉，浮荣一现华。

羁旅

羁旅避冬寒，无忧高枕安。

行吟忘已醉，对饮尽杯欢。

静看暴风起，新闻乌帽掀。

浮生同候鸟，浪迹海云间。

忘机

携杖夕阳还，忘机浑若仙。

怡然轻卸甲，与鹤共清欢。

恬淡（排律）

忘形迷墅川，无处不陶然。

银鹤翔云岭，彩虹辉玉泉。

闻蝉慕高洁，吐故纳清鲜。

坐赏流莺啭，闲吟暗自欢。

逍遥利尘外，恬淡老心安。

一醉飞天梦，沉酣泰宇间。

醒后作

夜凉初霁自还家，林舍深幽明暗华。

一梦奔云飞皓月，轻舒倦目向朝霞。

告别老屋

寒斋寒气浓，往事已尘封。

时短催人老，生无燕雀功。

2021.12.10

浣溪沙·优品道小区闲居

叶落潇潇湿浸衣，足边青草净无泥，清风白发路人稀。

秋色满空林舍静，蝉声几处暮心迷，绵绵余韵共流溪。

亲情

绿宝石婚①

往事追怀兴未阑，轶超半世共清欢。

霜凌疏影苍穹傲，风送幽香白雪残。

唯有爱心能暖老，相濡以沫秉贞艰。

劫波渡尽情尤笃，还续生生同枕缘。

2019 年秋月

寒梅傲霜

（写在老伴术前）

寒梅放苑墙，冷露也凝香。

能耐千秋雪，清姿出瑞霜。

2015 年春月

① 中国婚龄五十五年称绿宝石婚。

感恩

（写在老伴手术后）

喜逢天使降，枯守遇奇缘。

啄木劳神鸟，回春展秀颜。

清风惠洋外，高节亮云端。

妙手扶危殆，君恩比泰山。

2015.4.12 于成都

为老伴骨伤入院而作

疫疠惊魂未稍歇，老枝伏月[①]何堪折。

时乖偏是暗摧枯，孤对苍天满头雪。

2023.7.14 于成都

① 伏月，农历六月。

看望抗美援朝兄长

难耐寂寥昏若眠，相逢喜极却潸然。

硝烟弥漫惊残梦，谁慰老怀长久安？

2021.5.30

己亥春儿孙省亲又辞别

樱雪漫飘纤柳融，目昏云隔望归鸿。

生身故土今宵别，一棹天涯海阔空。

为老伴八十寿辰而作

崎岖风雨路，八秩九旬超。

苦乐童心寄，回眸花未凋。

2018.6

岁末与子女青城山聚别

岷水苍茫寒气潜，一壶村酿半醺酣。

浮云聚散添愁绪，畏见朦胧离岸帆。

己亥年大连子女陪游记

形影相随沧海行，偏怜萧瑟醉秋声。

岁残难得今番聚，迎曙扬帆乐后生。

2019 年秋月

友情

百花潭聚友

（2010年春，中国中医科学院西苑医院邓成珊王清华教授返蓉与同学聚会百花潭）

古柏参天立，飘然群鹤来。

新醅迎上客，往事触幽怀。

白发藏无尽，青春恨不回。

暮钟沉日断，归步久徘徊。

偕友春游

芳郊迷锦茵，花艳喜招人。

老去常思聚，情深耐久醺。

清流牵雅兴，白发共良辰。

日近桑榆暖，陶然万里春。

竹苑耆宿[1] 秋日青城山三道桥宴别

秋声树端起，叶落乍纷纷。

乡邑辞耆旧，郊筵慰别魂。

酡颜追夙谊，豪气扫沉氛。

老去多珍重，来年重约醺。

南桂怀友郭剑青[2]

昔时邻结庐，南度海天殊。

皓月牵故旧，荧屏当雁书。

思安三径客，不倦一燕儒。

破晓鹃声唤，归乡诗满途。

2007 年冬月于北海

① 竹苑耆宿，大竹中学校友微信群名。
② 郭剑青，燕籍，斋号思安，著名诗人书家。

思念波特兰友人

幽居波特兰，逸兴越西川。
客梦峨眉月，诗怀巴蜀天。
恭谦稀抗志，磊落尽仁贤。
浩渺飞鸿绝，遥情网络传。

2020.11.27

怀友

（一）

萧寥白发翁，夜静听秋虫。

望月邀君酌，盈杯在梦中。

（二）

醒来晓月明，孤坐入幽听。

浩渺时空隔，遥闻旧雨声。

2022.1.20

牧马山[1]怀旧

（缅怀郭剑青）

（一）

入蜀山川隐，经纶满腹藏。

豪情催翰墨，高节耐风霜。

文会皆贤达，诗坛吟雅章。

出游天递韵，酬唱九回肠。

（二）

燕客林泉隐，牧山望五津。

凌寒傲霜雪，向日粲青春。

报国伤离乱，忧民嗜苦辛。

德隆天赠寿，巨擘筑坛人。

① 牧马山，位于成都双流风景区，郭剑青居住地。

怀念友人老匋[1]先生

昆仑长卷载殊勋，唯有交情老益敦。

梦里草堂重执手，醒来影隔倍思君。

花源镇访友

故径情切切，柳泉篁舍幽。

临庐香翰墨，执手握清流。

2015.5 于成都

① 老匋，王乐匋笔名，新安王氏医学第五代传人，著名中医学家、中医教育家，安徽中医药大学教授、诗人、书家，立传《中华中医昆仑》。

花源镇金秋乐园旧居重访

林森曲径封，苔老觅遗踪。

燕客高吟处，为何楼半空？

2021.10.12

春日郊游

（乙未年春日，成都中医药大学退休老师温江久园游）

宿耆迟日游，聚散动欢愁。

逝水奔流急，青头追白头。

平乐古镇耄耋同学会

平沙落雁[1]店家恭，香茗佳肴村酿浓。

昔日少年嘻梦里，眼前不识白头翁。

做客青城山友人宅院

（一）

林泉幽馥送清凉，情满小楼笙管扬。

空盏频推魂也醉，老夫难息少年狂。

（二）

深深宅院溢芳芬，好客主人迎送勤。

难得新朋逢旧雨，乡音陈酿暗销魂。

---

① 平沙落雁，酒店名。

香楠茶社耆老品茗

旧雨新朋集，濡情香茗醺。

乡音吐无尽，望月挽牵分。

贺黄秉升先生诗稿付梓

相邻咫尺楼，唱和结良俦。

展卷珠玑汇，耕深吟笔遒。

2022.5.3

鹧鸪天·北部湾怀友

候鸟云间择远飞
锦江水暖及时回
寻珠自拾迷滩碛
临水情澜醉画帷
花滴露
草沾衣
阳春朗月唱吟宜
杏林归隐诗缘结
待为尊翁举寿杯

苦吟

催吟

疏帘未卷接平明，透牖涛声催五更。

醉有真情吟兴起，胸无点墨黯愁生。

荧屏放彩每忘览，麻将销魂常怯拼。

拈断髭须迷俗韵，骚朋一键润诗成。

2013 年冬月于北海

惹兴

窗含苍翠拂疏枝，鸟啭殷勤眷顾斯。

却是无端起吟兴，多情惹出觖望诗。

迷吟

溪蛙静夜鸣，神识豁然清。

迷韵烟波里，推敲近五更。

唱和

和郭剑青居白云寺步原韵

幽处嚣喧避，华章任意裁。

纵情挥翰墨，载咏上春台。

辞赋神韵古，襟怀忧乐开。

祥光催淑气，瑞世凤鸣来。

2012.7.24 于龙门山白水河

和刘国晖辛卯秋张之文老师从洛杉矶访波特兰步原韵

扶摇波特远，万里见情融。

澹澹秋江水，花开遥岸红。

2011.9.25

和刘国晖辛卯秋呈别张之文老师夫妇步原韵

牵情客路东归晚，一别酬诗递韵迟。

怅恨天涯云水隔，相逢忆在梦醒时。

刘国晖题壬寅春节波特兰市兰苏园步原韵

张灯庆新禧，仪礼袭陶唐。

节盼重洋越，开樽迎故乡。

吟物

鹤

高顶丹砂耀雪山，白衣仙子舞翩跹。

悉屏万籁回天啸，吹落凡尘洒冷渊。

石菖蒲

水养灵苗添异芬，仙姿玉立独清淳。

何须为尔流芳惜，不尽源头在石根。

栀花

一身清白溢芬芳，惹得游人遍体香。

不与青松争百尺，参差相济自风光。

梨花

碧岑烟雨潺潺涧，花绽丽枝肖雪霜。

不染风尘贞玉洁，不同俗艳竞春光。

2000.4

花瓶

满瓶竞放白头翁，捧去捧来装点中。

应景烘情壮场面，笑看古董逐时风。

桂花

叶舒千蕊黄，蓄雅共秋光。

无欲飘然去，回醅有汝芳。

2021.9.5

藜杖

抚杖每长叹，失撑移步艰。

相携险关度，挺节晚途宽。

2021.9.12

早蝉

几处荒烟破土层，寒冬隐忍不甘暝。

阳和煦物引春兴，知了一声谁动情？

厚皮菜[①]

盘鲜柔绿佐山羹，饥馑三年济众生。

莫谓而今身价贱，赏君唯我箸头争。

2022.4.8

海风

卷浪张帆涉远洋，晓堤影乱散椰香。

萧萧日暮浮沙起，谁送渔歌轻绕梁？

2013 年冬月于北海

① 厚皮菜是 20 世纪困难时期的救荒菜。

戏题松鼠

窗前逗我戏迷藏，鼠跳如飞枝上狂。

默默偷窥空作乐，影消人立怅然望。

老树

傍坐喜窗明，长望老树青。

浮尘风雨洗，劲节傲霜荣。

2021.12.17

松柏

凌空而立有何求？傲视奢靡远浊流。

岂是清高人共仰，老枝荫泽自情柔。

祝寿

祝马有度[①]教授八十大寿

坦荡复从容，谦谦君子风。

青囊斜肘后，白首隐经中。

春暖乔松翠，天蓝丽日红。

纵横常有度，论道不称雄。

2015.8.12

① 马有度，重庆医科大学教授。

贺彭胜权[1]教授八十寿诞

彭公八旬寿，盛世喜逢春。

执教劬劳任，临床经验淳。

杏林千树秀，学术一流新。

相约期颐聚，盈杯老窖醺。

贺陈家福吟丈九十寿诞

尊翁九旬寿，逢喜听阳春。

才德无量福，期颐一步奔。

2022.5.4

① 彭胜权，广州中医药大学教授。

悼亡

悼念郭剑青[1]老师

惊闻噩耗夜难眠，往事成篇和泪翻。
萍水相逢遇知己[2]，梦中拈韵伴君前。

附：贺郭剑青百年寿诞

燕人入蜀咏新篇，笔砚深耕奔百年。
我为尊翁雅望颂，一生君子世英贤。

① 郭剑青百岁在望，应约诗稿贺之，然病毒无情，加害无辜，痛失先生，呜呼！

② 郭剑青曾赠诗“花之源萍水遇知己”。

哭钟以泽[①]同学

沉疴不起隔阴阳，往事追思泪两行。

世上疮痍难猝疗，呼君归作指迷郎。

追念雷德明[②]老师

为长为师学者身，襟怀恬淡育新人。

平平容貌仁慈蕴，碌碌生涯正义申。

抛却浮荣清德厚，谦持旷达赤心淳。

哪堪撒手不辞别，难忍悲情常湿巾。

① 钟以泽，著名皮肤科教授，成都中医药大学附属医院皮肤科主要开创者。

② 雷德明，成都中医药大学中医内科学教授。

悼念彭胜权教授

惊闻噩耗失彭公，旧谊难忘悲恸衷。

盛德清风杏林继，西川泪别岭南翁。

2023.11.22

忆友人山本严先生[①]

萍踪几度访蓉城，医道磋商识见称。

鲸海遄征遥万里，骊歌话别近三更。

重逢清夜情缘叙，相对白头杯酒呈。

难信先生顿辞世，旅魂携手梦中行。

① 山本严博士，日本关西名医。2006 年辞世。